Bibliografische Information der Deutschen Nationalbibliothek: Die Deutsche Nationalbibliothek verzeichnet diese Publikation in der Deutschen Nationalbibliografie; detaillierte bibliografische Daten sind im Internet über dnb.dnb.de abrufbar.

Herstellung und Verlag: BoD – Books on Demand, Norderstedt

ISBN: 9783746017303

Daniela Sibylle Schaffer

-Kaspar Gondel-

Roman

Heiss war es auf der Terasse trotz
Sonnenschirm stickig.

Mehr als in den Kaffees zu sitzen konnte
sie im Moment nicht machen, noch wohnte
sie im Hotel.
Einige Kartons standen noch bei Birgit,
oder wo anders?

Faechelnd nun sass sie, und das Guthaben
der Karte nicht mehr unbedingt voll.

"Birgit? Charlotte hier!
Sag mal steht bei euch noch Umzugskar-
tons im Keller?"

"Ja stehen, wo seid ihr denn
neuerdings?"

"In Graz, warten auf den Einzug in eine
neue Wohnung, die eben noch renoviert
wird."

"Und bei dir so? Alles frisch?"

"Bin im Moment in den Vorbereitungen fuer die USA, flieg mit Torsten hin."

Also was die Alte immer mitfliegt, aber was soll sie auch machen, die Kinder im Internat in England, sonst nichts zu tun.

"Koenntest du mir die Kartons zuschicken? Der Architekt sagte er sei bald fertig, bis bald mal und so."

"Ja, bis bald."

Bald sagte auch der Architekt, aber wann genau das sagte er irgendwie nicht, oder wusste es Werner womoeglich, doch ihn konnte sie wegen solch einer Nichtigkeit nicht im wichtigen Job anrufen.

"Charlotte hier, wann sagten sie genau ist die Wohnung fertig?"

"Ach gut dass sie anrufen, es verzoegert sich noch etwas. Geben sie noch etwas zu und ab."

Selten bloeder Idiot.
Ja wenn das so ist, kann sie auch noch eben eine kleine Reise unternehmen.

Diese endlosen Tunnel auf dem Weg nach Italien, Triest sollte es sein, der Handtaschen wegen.

Doch die Geschichte fehlte, die sie so gerne haette, eine Liebesgeschichte sollte es sein.
Die Wurstbrote auf dem Sitz neben ihr, warm, Zeit auf Fruechte umzusteigen.
Das Dorf vor ihr einige kleine wenige Haeuser in den typischen Farben Italiens.
Ein kleiner Markt, eine Pizzeria, mit wenigen Gaestezimmern.

Waschbetonkuebel, einige Stufen ein Tresen der 50 er Jahre gerippt. Unmengen an Kleinigkeiten auf ihm. Der Wirt mit Gebrauchsspuren auf der Schuertze. So stand er da. Sagte seinen Namen, erfragte meinen. Deutsche Wurzeln dem Namen nach.

"Charlotte!, was soll ich Dir Kochen?"

Verdutzt doch belustigt.

"Ich ueberlasse es Dir!"

Kariert die Tischdecken, viele waren es der Tische, nur ein Gast, etwas weiter von ihr.

Ein Mann, sie anschauend, gedankenversunken.
Fleisch das den Tellerrand beruehrte hatte er gekocht, der Wirt. Das Messer glitt Scheibe um Scheibe in es, die Augen ermuedet der vielen Tunnel.

Er wischte sich die Haende waehrend sie die Treppen zum Zimmer hinaufgingen, der Wirt, er wollte bleiben, der Absatz spitz und schnell hinaus.

Venedig das Ziel, sie, die Stadt der Liebe. Ihre eigene Geschichte eignete sich nicht, diese wuerde ihr helfen.

Sengend heiss immer noch am Nachmittag im Stau vor Venedig. Der Schatten des Baumes unweit der Autobahn bot Schatten, ein wenig Entspannung. Die Schlangen der Autos konnte man von hieraus gut beobachten. Die Energie der Klimaanlage war in Kilometern besser investiert. So fuhr sie weiter auf der Landstrasse Venedig entgegen. Bus an Bus am kleinen Hafen auserhalb der Stadt. Ein Parkhaus das sie kannte, den Platz kannte sie, von ihm aus kannte sie den Weg.

Hinauf aufs letzte Deck an vielen abgestellten Wagen vorbei, die mit Planen abgedeckt waren. Den Brief musste man an der Kasse abgeben, denn sie stahlen hier wohl alles, gut ihn gehabt zu haben.
Das Kleid, das zuvor ein Rock gewesen

war, blass rosa mit grossen roten Rosen,
den hatte sie vor der Abfahrt zum Kleid
gemacht. Zu lang der Rock, und durch
Band, gelb, das vorher der Geschenkver-
packung diente, schnell umfunktioniert.-
Zurechtgerueckt und nun ab zur Eisdiele,
die am Wasser lag, unweit des Marcus-
platzes. Dessen Ananaseis dem von Baden-
Baden glich, doch wiederum einen doch
eigenen unvergleichlichen Geschmack bot.

Die braune Tasche mit dem goldenen
Verschluss baumelte in der Beuge des
Arms, den Unmengen der Touristen
folgend. Fast schiebend war es, an den
Laeden vorbei auf den Bodenplatten die
hellbeige fast weiss waren. Glattpoliert
von den Schuhsohlen der Menschen. Die
Eindruecke so viele, dass sie sich
verzettelte vor einem Modegeschaeft das
ein Kleid in der Auslage hatte. Rot die
Grundfarbe, an den Beinen und am Hals
beige, wie helle Erde. Dazu ein kleiner
runder Hut mit einer roten Schleife am
Hinterkopf.
Gut, dass sie die Schleife nicht braun
gemacht haben.
Schlecht, dass sie sich mal wieder von
den Kleidern so ablenken lies dass sie
den Weg verlor.
Gerade das war Charlottes Problem. Die
Kleider interessierten sie immer zu
sehr. Nicht dass sie sie selbst trug,
das eben eher nicht. Ihr Aussehen interessierte Charlotte.
Der Karneval praesent im Augenblick. Die

Masken die Baelle bei denen man mit Menschen tanzt die Masken tragen. Man kennt den nicht mit dem man tanzt. Erst um Mitternacht erkennt man mit wem man getanzt hat. Merkwuerdig eigentlich die Gebraeuche die sie hier haben.

Ein viereckiger Platz der sich ihr als naechstes bot. Eine Kunsthalle, ein grosses Plakat.
Nein, auf Stoff waren die Kuenstler gedruckt, die ausstellen.
Sie kannte sie alle, also es nicht wert die Ausstellung zu besuchen.

Aber der Eingangsbereich, eher der Vorplatz des Gebaeudes war interessant, von kleinen Baeumen gesaeumt. Ihre Zweige so, dass sie ein Dach bildeten, durchgehend Schatten boten. Auf dem sengend heissen Platz, mit den hellen Platten mit merkwuerdigem Mass.

Ein Panini auf dem Teller des kleinen runden Tisches die Eiswuerfel des Getraenkes auf dem Puls. Verschwitzt vom Kleid aus reinem Perlon das sich fuer Venedig einfach nicht eignete. Ein Herr der neben ihr einen kleinen Computer mit einem Stadtplan auf dem Schirm hatte. Seine Frau gegenueber im Souvenirladen.

Ein Schild nicht unweit des Ladens „Pension Alexander."

Den Mann nach dem Weg zum Marcusplatz zu

fragen, war nicht gut, Ein Zimmer in der
Pension zu reservieren besser. Einige
Tage wollte sie bleiben der Zimmerpreis
moderat. So ging sie los um ihr Gepaeck
zu holen.

Entlang der Gassen, der unzaehligen
Bruecken auf einer sie einen Mann sah
der Tomaten aas. Beim verlassen dieser
sah man, dass es zwei waren, die schlendernd an den Restaurants entlanggingen,
und die Gondeln an ihnen vorbeiglitten.
An den Pfaehlen vorbei deren Verfall
deutlich zu sehen war.
Nicht die Gondeln waren die Ursache
dessen. Vielmehr die Kreuzfahrtschiffe
deren Wellen zu heftig sind.

Die Pension konnte sie nicht mehr
finden.
Nacht war es, die Laternen spaerlich,
die Kegelclubtouristen zu viele.
Der rote Koffer mit der verdrockneten
roten Rose zu schwer fuer die Treppen
der Stadt.
Zwei Maenner noch an einem Tisch vor der
Kirche. Der eine weiss der andere
schwarz gekleidet, total.

Eine Gruppe junger lustiger Leute denen
sie sich anschloss. Sie hatten einen
Stadtplan, sicher brachten sie sie zum
Ausgangspunkt zurueck. Denn Charlotte
wusste mit einemmal, dass diese Stadt
ihr niemals das boete was gesucht wurde.
Eine Stadt kann das nicht, das Leben

kann es.

Charlotte verliess die Stadt in den fruehen Morgenstunden.

In einem Bad aus Marmor gebadet, in einem Bett mit weisser Bettwaesche geschlafen.

Einen Champagner aus der Minibar getrunken, der wohl der teuerste ihres Lebens war.

Im Luxushotel mit den gruen weissen Markisen gegueber des Parkhauses wo man um zu parken Brief und Autoschluessel abgeben sollte.

LKW an LKW, Oesterreich entgegen die Parkplaetze voll von ihnen. Die Rueckleuchten ragten zuweil in die Fahrbahn. Es war Urlaubszeit.

An Graz vorbei nach Baden. In der Stadt an der Oos kannte sie genau den Weg zur Eisdiele. Dessen Ananaseis sie seit Jahren verzehrte.

Auch als sie in England wohnte, tat sie das, denn die Flugzeuge landeten in Baden-Baden, dort wo die Stadtplaene nahe des Kurhauses stehen. In der ganzen Stadt verteilt sind, unschwer es ist sich zu verirren.

In diesem Auto konnte man sich so herrlich zurechtruckeln. Mercedes SLK, Final Edition. Glattes Leder die Sitze.

In 12 Stunden waere sie in.......

2.Kapitel

West-Street 263

Mehti hatte das Haus damals gekauft.
Ihre Nachbarin was sie als sie das
Hausnoch bewohnte. West-Street, das
erste zu Hause das sie hatte.

Noch immer fingen sich die Verpackungen
der Schokoriegel in der Ecke des kleinen
Vorplatzes, der eigentlich aussah wie
eine Terasse vor dem Haus, aber eben nur
so schmal wie ein Handtuch.
Terrace hous, eigentlilch nicht der
richtige Ausdruck.
Zu der Zeit als sie nun vor der
Eingangstuere stand war Methi immer zu
Hause.
Mit ganz typischer Haltung im Tuerrahmen, die Rueschenschuerze wie immer. Als
waere keine Zeit vergangen.

"Charlotte!"
Und sie hing am Hals.
Das Wohnzimmer war wieder hergestellt,
als sie auszogen war es das nicht.
Ein Wasserrohr tief unter der Erde das
die Street versorgte, war gebrochen,
hatte das Haus unterspuelt. Der Boden
warf sich in grossen Huegeln, sonst war

alles gleich geblieben.
Nur ein Kredenz stand nun in der Kueche,
die Sherryglaeser am selben Platz wie
imanderen Haus, das nun ihre Tochter mit
ihrem Mann bewohnte. Gerade das hatte
Charlotte vermisst, immer standen die
Dinge am selben Platz. So schmerzlich
hatte sie das vermisst. Fuer Charlotte
war es undenkbar, von Stadt zu Stadt von
Land zu Land war sie gezogen. Heimat
empfand sie wenn sie die Maenner mit den
Letschkappen sah wie sie ihre Hunde
spazieren fuehrten. Aber auch die
Menschen in ihrer West-Street, die ihre
Sofas auf die Strassen stellten, die
Bierdosen oeffneten und die Fussball-
spiele gemeinsam anschauen. Am Anfang
schon etwas befremdlich. Genau so wie
die nackten Fuesse mit denen der eine
oder andere die Street entlang ging.
Doch hier taten sie es weil sie keine
Schuhe hatten.

"Charlotte! Wie ist es euch ergangen?"
"Ach mal so, mal so, wie immer nichts
aufregendes, einige Tage Leerlauf, da
dachte ich an eine Rundreise, und bei
Dir gelandet."
"Moechtest Du hier uebernachten?
Ami und ihr Mann kommen heute Abend noch
rueber, waere doch ganz nett beisammen
zu sein."

"Genau."

Die steile Treppe ging Mehti hinauf, Charlotte folgte ihr, Schlafzimmer war Gaestezimmer geworden. Gaestezimmer das Charlotte als Ankleidezimmer nutze, das was es war. Es lag nach vorne heraus, und der Verkehr doch immens. Das Bad gleich geblieben. Der Riss an der Treppe nicht mehr zu sehen. Die Handwerker: Das Haus sei wegen des Risses nicht mehr zu retten!

Waehrend Mehti die Treppe hinabging, wurde es Zeit ihr zu sagen weswegen sie eigentlich gekommen war.

Auch wenn Ami und ihr Mann kommen wuerden, so war die Nacht doch lang in dem Zimmer, das sie so lange nicht mehr los lies.

Der Dining-Room war gleich geblieben, die Moebel standen am selben Platz. Die Spuren, die der Kochloeffel verusachte mit dessen Griff sie gegen die Wand schlug noch immer da. Ueber der Stereoanlage, die sie laut drehte, das etwas geschah, nach endlosen Telefonaten ohne Ergebnis. Alle Raeume zum Hof ausgerichtet den Erinnerungen nicht zu entfliehen. Eine lange Strecke hatte sie hinter sich um den Entschluss zu fassen. Also warum nicht gleich fragen.

"Was ist eigentlich aus dem Hundewelpen geworden. Der noch da war als ich ging? Mehti?"

"Weiss nicht, der eine Mann war noch mal da."

Sie oeffnete das Kredenz zog eine Visitenkarte heraus.

"Also die Leute da, also die Leute waren aus Beeston."

"Was aus Beeston? Warum denn aus Beeston? Wir sind doch hier in Crewe!"
Der Mann an der Aral Tankstelle fuhr auch einige Zeit hinter ihnen Richtung Beeston.
Eigentllich war sie immer in Beeston, oder in London.
Ueber diese merkwuerdigen Weiden gingen sie, keine Wege gab es zwischen ihnen, nur Stiegen, wo man einen Fuss hinein-setzt sich dann drehen muss, und den anderen dann in die entgegengesetze Richtung setzt. Von Butterblumen ueber-saeht.
Einen Weg gab es dort, den der die Frau ging mit dem Irish Wulf. Vor keinem Hund hatte sie Respekt aber vor dem schon, der Blick.
Mehti hielt die Visitenkarte mit beiden Haenden vor ihrer Brust beim schultern-zucken.

"Gib her!

„Oh, Mehti!,
was steht denn hier?
Crewe! und das ist in Ceshire."

"Und Beeston?"

"Na auch in Ceshire, Du glaubst doch
nicht, dass das Buergermeisteramt in
Crewe jemanden in Beeston kontaktiert,
um einen Hundewelpen in der schlechtes-
ten Gegend von Crewe aus den Faengen
eines Alkoholikers zu retten."

Mitlerweile sass Mehti, es laeutete. Die
Visitenkarte in der Gesaestasche verlief
der Abend mit Ami und ihrem Mann lustig
wie immer mit kleinen Leckereien, die
sie mitgebracht hatten.
6 Uhr, die Kaffeemaschiene brodelte beim
Gang in den Hof. Die Latten fehlten noch
immer am Zaun wo sie ihm das Essen und
das Wasser hinueberreichte. Gleich
haette sie ihn mitnehmen sollen. Ein
Zettel fuer Mehti.

    - Melde mich von unterwegs -

Die Rampe des Tunnelzuges krachte, noch
wenige Meter und jeder wuerde merken
fuer was das K in den Autopapieren
stand, nicht nur sie.
Der Blick in den dicken Geldbeutel mit
den Waehrungen die nun noch noetig

waren, liessen es zu ohne zu tauschen den Kompressor voll auszunutzen. Natuerlich wurde es an manchen Stellen der Autobahn etwas heller als normal. Doch die Zeit war begrenzt, das auf ihrem Land zu tun, was sie sich ausgedacht hatte, dieses elende Leben musste enden. Von einer Kaffee-Terasse, von einem Klamottenladen zum anderen. Kleider zu kaufen die sie ja eh nicht trug. Second-Hand Laeden zu durchwuehlen, wenn man eh immer nur das gleiche traegt, Dinge die man liebt.

Aachen sollte am Abend erreicht sein, um Vorkommnisse wie in Venedig zu vermeiden.
Ein Hotelschild zu sehen, nochmal ohne Stadtplan die halbe Stadt zu durchqueren, zu glauben es dann wieder zu finden.
In Aachen kannte sie eine Pension vor Jahren hatte sie dort uebernachtet von London kommend. Ein leichtes diese wieder zu finden, in einem abgelegenen Wohngebiet lag sie.
Unglaublich diese Pension mit den Bluemchentapeten dem Geschnitzten an den Waenden.
Dem Charm des Gelsenkirchner-Barocks. Den Garderobenstaendern deren Anordnung der Haken nicht stimmten. Denn wuerde man seinen Mantel aufhaengen, und haette man einen Hut, so wuerde der Hut den Kragen des Mantels ueberlappen, und sollte es geregnet haben, voellig

sinnlos es zu tun.
Kopfschuettend, den Kopf nach unten
gerichtet, verliess sie die Pension die
Stufen der Pension nicht verfehlend.

3.Kapitel

Nun ging es dem Land entgegen dessen
Farbe Violett war, die sich am Morgen
ueber das Land legte. Doch bis es soweit
war wuerden noch Stunde um Stunde verge-
hen.
Auch hier Pfloecke, die jedoch in den
Boden gerammt waren, konisch spitz nach
oben geschnitten. Ein grober breitma-
schiger Zaun an ihnen befestigt. Meter
um Meter der Autobahn folgend Wildzaeune
waren es. Wild in Massen das es hier gab
nicht mit dem Wild bei uns zu verglei-
chen, gross und kraeftig war es hier.
Von weitem zu erkennen, so wie das, was
ihr Grundstueck durchstreifte, am
Wohnzimmerfenster vorbei, Richtung
Obstgarten, stop an den Pfirsichbaeumen
deren Fruechte hernach weg waren. Ihre
Spuren deutlich zu sehe.
Nur ein Rehbock in weiter Entfernung des
Hauses, hinter den dicken Pappeln.

Dort ging er, in der entgegengesetzten Richtung. Ihn kannte sie genau, welch ein Potenzial dachte sie.
Pflock an Pflock an ihr vorbei.

Noch eine Nacht im Auto zu verbringen, keine gute Idee in diesem Zustand wuerde sie Budapest nicht betrete. Eine der zahlreichen Raststationen steuerte sie an.

Typische Rundboegen, das Hauss weiss, rot gedeckt. So sass sie als einziger Gast am Tisch mit karierter Decke, muede aber ingendwie gluecklich, dieses Land schien winklich anderen Regeln zu folgen. Vorbei die Tankstationen wo eine der anderen gleicht.
Die Produkte so angeordnet, dass der Verbraucher sie auch zielsicher findet. Schokoriegel, Bon-Bons alle in gleicher Anordnug an den Kassen wo die Kaertche gesteckt werden. Doch wo waren die Duschen die Waschraeume fuer die Fernfahrer, die sie die vergangene Nacht gesucht hatte. Es war wie eine kleine andere Welt die sich hier gebildet hatte, nein wie eine Stadt die mit den mormalen Staedten nichts zu tun hatte.
Autark haette man dort leben koennen. Sie erschrak bei dem Gedanken der hygienischen Verhaeltnissen die dort herrschten.

Heiss das Wasser das an ihr herunterfloss in der Runddusche. Die Wassertrop-

fen an den Tueren herunterflossen. Das
Einzelbett direkt unter der Schraege,
das Dachfenster rechts davon, von dem
aus die Blitze im Nachthimmel gut zu
sehen waren.
Ein Donner der maechtiger war als den
zuvor gehoerten. Kalt das Bett das Laken
die Waesche ganz glatt. So schlief sie
ein.
Die letzte Brucke vor Budapest die Donau
floss unter ihr. Auf die Richtung
bisher nicht geachtet, weil sie auch
nicht wusste woher sie kam, wohin, heute
schon.
Selten bloedes Arschloch der Typ dem sie
folgte, der Anzug hing locker. Den Tisch
an den er sie wies, unmoeglich. Er ging,
sie stand, schaute sich um, alles frei
Warum eigentlich sollte sie an diesen.
Die Tasche unter den Arm geklemmt,
waehlte sie den am Fenster. Es fehlten
nur noch die Halbgardinenstangen aus
Messing an deren Ringen die roten schwe-
ren Samtgardinen hingen, ueber die man
nur, wenn man den Kopf sehr nach oben
reckte nach draussen schauen konnte. Die
Gardinen gab es zwar nicht aber das
Milchglas, das wie eine Bordure, aber
innen, der Form des Fensters folgte.
Den Stuhl etwas vorgerueckt und der
Blick war frei zur Seitenstrasse. Die
Waende, die Decken aufwendig bemalt.
Statuetten, Stuck ueberall, Saeulen im
Innenhof. Kleine Balkone mit schmiedeei-
sernen Gelaendern so gearbeitet dass die
goldenen Spitzen nach unten zeigten. Ein

langes Steingelaender dort begann der Hotelbereich.

Ein Traditionshaus war es, vor kurzem einer italienischen Kette verpachtet. Bei einer Tasse Kaffee blieb es, zu schlecht der Service.

Am spaeten Abend erreichte sie, Szank das Dorf am aeussersten suedlichen Zipfel Ungarns. Dort wo die Sommer sengend heiss sind, die Luft trocken. Die Winter indes zweistellige Minusgrade erreichen.
Schnurgerade die Dorfstrasse, rechts und links Haus an Haus. In dunkeloranges Licht getaucht, hin und wieder ein weisser Lichtkegel von den Oberlichtern die mittig ueber der Strasse haengen, von Jahr zu Jahr wurde die Strasse besser. Bis zum Ortsschild, dann wurde sie wieder holprig. Rechts noch ein paar Haeuser, links ueber die Bahnlinie, dort begann der Weg zu ihrem Haus. Erst ein Feldweg, dann wurde er immer breiter.
Ein Gemisch aus Sand und ganz feiner Erde war es, der Untergrund jedoch ganz fest. Er fuehrte einige 100 Meter durch einen Akazienwald. Nur kurz unterbrochen von einem Stueck Land das von wildem Taback versaeucht war. Der Bauer versuchte seit Jahren es urbar zu machen, unmengen Mist hatte er auf es verteilt.
Irgendwann glaube ich Mais gesehen zu haben. Dann wieder Akazien, ueber eine

winzige Bruecke, links ein Feldweg von dem man aus wieder das Dorf erreichen-konnte, jedoch von der Rueckseite. Rechts ein Weg wieder in den Wald.

Charlotte dachte ihren Augen nicht zu trauen. Ihr Pachtland direkt am Feldweg ueber und ueber mit wildem Tabak versaeucht. Pflanze an Pflanze dicht an dicht standen sie.
Vor der Schranke die die Einfahrt zum Grundstueck war stehend, versuchte sie das schwarze Nailonband zu oeffnen, der Scheinwerfer des Autos bot ein wenig Licht. Das Gegengewicht ein alter Muehlsten, der lose auf den Schlagbaum gesteckt war. Langsam bewegte er sich nun nach unten. Immer schwaerzer wurde die Schranke die aus Akazienholz war, das Holz jedoch immer noch fest und hart. Das Schloss des Zauntores der das Haus umgab in Takt.
An verschiedenen Ringen hingen Schluessel am Band. Der fuer`s Tor war schnell gefunden, viele Schluessel waren es geworden, immer wieder wurde im Haus und Schuppen eingebrochen. Den Schluessel-bund steckte sie in die Tasche trat ein

Die Augenbrauen hoch doch schmunzelnd. Kuehl und irgendwie feucht die Luft, betrat sie jeden Raum. Na ja, geht noch, ausser ein paar Gardinen, eine Stange, ein Duschvorhang fehlte nichts. Das Wohnzimmer in takt, nichts fehlte, alles wie frueher. Das Leintuch ueber den Sofa

zog sie als erstes weg, dann die Vorhaenge auf. In den Zwischenraemen der Doppelfenster hatten sich unmengen an Fliegen gesammelt. Alles voller toter Fliegen. Noch immer sah man die Flecken an der Wand die sie verursacht hatte. Auch wenn man noch so viel darueberstrich sie schlugen immer noch durch, Schleim war es den sie abhustete. Drei Jahre Stachus inmitten der Autoabgase rauchend, hatten ihre Spuren hinterlasse. Irgendwann hustete sie nur noch in die Hand schleuderte den Schleim, den Rotz nur noch an diese Wand. Irgendwann war ich glaube ich fast gestorben, auf jeden Fall ohnmaechtig war ich, Andrasch stand ploetzlich in der Kueche fragte ob ich noch etwas zu essen hatte.
Das auf dem sie damals lag war schon lange gestohlen.
Dieses jetzt, war jenes auf dem Fidelio starb, die Urinflecken noch immer da. Maeuse hatten eine zeitlang darin gewohnt, zerflettert war ein Teil davon. Robby stand im Tuerrahmen, knurrend lag er da in seinen letzten Stunden. Robby traute sich nicht mehr herein. Fidelio war ein Irisch Terrier a red Irish sagen die Iren. Gold innen wie aussen, recht hatten sie. Die Farbe war bernstein, nicht Rot. 17 Jahre wurde er.

Was wollte sie auch erwarten, ein Haus in dieser Einsamkeit konnte man nicht einfach alleine lassen. Eine Alarmanlage hatte es ja, aber eben keinen Strom.

Die Akazientuere mit Fenster schloss sie
hinter sich. Trat ins Freie, was wollte
sie erwarten in einem Land das so
bettelarm ist, nahmen sich die Menschen
was sie zum ueberleben brauchten. Mehr
nahmen sie ja auch nicht, wuerde der
Lehmofen der fest nach ungarischer Art
gemauert war bleiben?
Einige geschnittene Holzscheite waren
noch im Schuppen. Die derben Stiefel zog
sie an, an der Wade und am Schienbein
verstaerkt, Schnallen hielten sie fest
am Bein.
Eine kleine Anhoehe hinunter zur zweiten
Schranke, diese fest installiert und
bereits von Olai bewuchert. Ein Baumart
die man kennen musste, weit war sie in
Ungarn verbreitet, stachlig dicht mit
weissem Blatt. Als Zaun und Windschutz
setzte man sie gerne ein, so auch hier.
Meterweit trennte so auch hier das
Pachtgrundstueck vom eigentliche Grundstueck ab. Den Samen des wilden Tabaks,
hatte sie doch etwas abgehalten. In
Notzeiten schlugen sie Holz aus ihr,
wuchern tat sie. Breit schlaegelte sie
sich der Wiese entlang, hin und wieder
nur eine wilde Tabakpflanze.

Die Hecke des Olaibaumes ueberschrei-
tend, Platz fuer mehrere hundert Akazien
boete es. Doch im Moment bot sich nur
ein Loch, in das sie fast viel, breite
Holzdielen hatten es verdeckt. In seinem
Innern geschichtetes Bruchholz. Daneben
in den dichten Maulbeerbaeumen ein Zelt

Vorsichtig geradezu schleichend naeherte sie sich ihm, Toepfe, Pfannen hingen an den Stangen aussen, die ein Sonnendach hielten. Durch das Plastikfenster schaute sie hinein, ein Mann der schlief, darin.

In solch typischem Charlotte Gesicht der Verwunderung, den Unterkiefer nach forne geschoben, die obere Zahnleiste gegen die untere diagonal auf dem rechten Reisszahn liegend.

Die Augenbrauen bis zum oberen Anschlag gezogen, drehte sie sich um, ueberquerte das Gelaende auf dem dicht an dicht die meterhohen Unkrautpflanzen wuchsen.

Die Handschuhe die sie trug stramm anziehend. So peitschte sie die meterlange Haselnusspeitsche vor sich her um die Schlagen die sich gerne dort aufhielten zu vertreiben.

"Jetzt laust mich doch der Affe!"

Ihre Schlaege wurden mit jedem Schritt heftiger. Im naechsten Wald der noch ihr gehoerte, alles voller Imkerboxen. Zum Kanal wollte sie, testen ob einmal eine Verbindung zu ihrem Grundstueck vorgesehen war.

Natuerlich wusste sie dass es frueher mal ein Sumpfgebiet war. Die Kommunisten hatten ihn trocken gelegt. Die Wiesen die es vorher waren versandeten immer mehr.

Richtung ihres Waldes ging sie noch ein Stueck. Und es lagen Muellsaecke im Kanal. Vorsichtig hob sie mit ihrer Peitsche einige von ihnen an, zwei tote Schafe lagen darunter.
Den Weg der aufgegebenen Tanjas, der frueher mal zum Ortkern fuehrend nahm sie zurueck. Brach einen dicken abgestorbenen Ast von einem ihrer Baeme, mit dem Schlug sie auf das Zelt. Wenige Augenblicke und der Mann stand vor ihr. Den dicken Ast ganz fest umklammert. So vertrieb sie dieses Geschmeiss ihres Grundes. Er war ein Imker seine Bienen hatten ihr hier alles verseucht.

In gebuehrender Entfernung kontollierte sie seinen Abzug, waehre sie nicht gekommen so haette die Olaihecke dem Ansturm der wilden Tabekpflanzensamen nicht mehr lange stand gehalten. Ein Wall war sie, die das urbare Gebiet geschuetzt hatte. Auf den sandigen Boden vor dem Haus, unter dem Maulbeerbaum der schon hunderte von Jahren stand. Die Wurzeln ausladend krallten sie sich in den Boden, Loecher kleine Einbuchtungen bevor der Stamm nach oben rankte.
Mit der Visitenkarte von Mehti und dem Handy sass sie. Die Kroete neben ihr verschwand mit einem Satz in einem der Loecher. Schon komisch, oben im Baum in dem sich Schmodderwasser gesammelt hatte lebten Laubfroesche, unten an den Wurzeln diese Kroeten. Dass die sich so in einem Baum vertragen, schon erstaun-

lich.
So erstaunlich wie dieser ganze Baum es
war. Fruechte trug er, mit denen niemand
etwas anfangen konnte.
Nur Raupen die Seide liefern sollten,
das sie natuerlich in diesem Klima nicht
taten. Das ganze Land war von ihnen
ueberzogen worden. Eine Wespenplage
verursachten ihre Fruechte, die ganze
Gehoeffte bedohten, Mensch und Tier
bedrohten sie. Strunzbloed diese
Habsburger, s'Franzel, Sisi und Theres
mit. Nur weil Madamm Seidenkleider
tragen wollte.
Der Laubfrosch der am Tropfen nippte der
sich vom Morgentau an den Reben gesammelt hatte, und auf einem Blatt sass,
nippte am Wasser, wie die Wuerttemberger
an ihrem Trollinger es taten. Wir Badner
hingegen tranken ihn. Am spaeten
Nachmittag sassen sie immer noch und
telefonierte. Wieder waren es unzaehlige
Stellen die sie kontaktierte. So schwer
seine Rettung war, so schwer seinen
Aufenthaltort zu erfahren. Ueberall
hinterliess Charlotte ihre Adresse.

Die Lederstiefel tauschte sie gegen die
dicken Gummistiefel. Sollte so ein Vieh
hineinbeissen so wuerden die Zaehne im
Gummi stecken bleiben, wie es schon
einmal geschah. Mit Taschenlampe und
Haselnussstock hinueber zu den Lehmhue-
geln, an der leichten Erhebung vorbei wo
Perry begraben lag. Den Ort hatte sie
lange gemieden doch die Zeit der Trauer

muss auch enden. Breit und lang der Lichtstrahl, alter Lehm war noch da.

3.Kapitel

Als sei die Zeit stehen geblieben so kam Peter, Katty mit ihrer ganzen Familie den Weg der Schranke entlang. In einer Hand die Wasserflaschen in der anderen die Beutel mit Weissbrot, Tomaten und Paprika. Doch sie war nicht stehenge-blieben. Katty hatte mitlerweile einen Enkel, der sich schon am naechsten Tag im Kinderwagen liegend, sich im Haus von Charlotte befand. Er war krank, so stimmte Charlotte zu ihn mitzubringen. Denn sie benoetigte jeden Zigeuner, den sie bekommen konnte. Katty war nun mal die Oberzigeunerin, die Strukturen von ihnen vielfaeltig. Sie alle lebten vom Dorf entfernten Viertel. Jeder hatte sein eigenes Haus, und das Viertel in wenigen hundert Metern Entfernung zu Charlottes Haus. Wir haetten es als Slum bezeichnet doch das war es nicht, nur Romas, die sesshaft waren. Doch bezeich-net man ihr Viertel als Slum, so musste man manche Gebiete in England auch als solche bezeichnen. Sie lagen ausserhalb der Navigationstrecken. Nur zu sehen, wenn man ohne Tom Tom unterwegs war, das Land durchquerte.

Keine Akazien wurden gepflanzt, Steine wurden produziert. Lehmsteine um Lehmstein produzierten die Zigeuner, sie hatten die Technik, kannten das Mischungsverhaeltniss Lehm / Stroh / Wasser.

Charlotte hatte den Landstrich mit den zerfallenen Gehoeften gekauft. Das Land war wertlos, veroedet, nichts mehr damit anzufangen. Der Rohstoff Lehm von unschaetzbarem Wert, gefoerdert durfte er nicht mehr werden, alte Gehoefte entfernen war jedoch nicht verboten. Stein fuer Stein setzten sie auf die Europaletten, mit Schrummfolie einem Bauplan fuer den Bau alter traditioneller Lehmoefen versehen. Mit Gabelstaplern in den Innenhof des Wohnhauses verbracht, an Bauhaeuser sollten sie gehen.
Es war einer der Tage an dem man das Haus besser nicht verlaesst. Die Sonne brannte gnadenlos die Luft trocken, sollte man nicht daran interessiert sein sich BOTOX spritzen zu lassen, die Sonne zu meiden. Alles Fett brannte sie aus der Haut, furchig, faltig. Indes wickelte sie dem Enkel von Katty weiter die Essigwickel um seine Waden. Das Fieber

stieg, langsam begann sie sich Sorgen zu machen. Mehr als im Haus herumzupusseln war nicht angesagt. Die Doppelfenster oeffnete sie die unzaehligen toten Fliegen fegte sie herhaus. Eine Staubwolke schraubte sich nach oben. In grosser Entfernung sah sie sie, aus Richtung Dorf kommend. Es war windstill, was war es?

Ein leises Hupen danach im Hof.
Das Pfefferspray steckte sie ein, ging etwas zoegernd zur Tuere hinaus.
Sie war alleine, die Zigeuner bei der Arbeit in einiger Entfernung.
Ein Traum eines Pick-up Gelaendewagens stand im Hof neben den Paletten.
Die Tuere oeffnete sich.
Eine schwarz-braune Masse goloppierte auf sie zu.

"Tschortsch!!"

Zack da lag sie schon.
"Also sie zu finden, wohl das Schwerste was ich je erlebt habe.
Es grenzt schon an ein Wunder, dass dieser Hund nun sein richtiges zu Hause gefunden hat."

Braun der Hut, breit die Krempe, Sonnenbrille, und braune coole im Forderteil eckige, Stiefel sah sie.

Er nahm sie ab, nun erkannte sie ihn. Es war der Mann den sie durch den maroden Lattenzaun sah, und er mich. Ein Bruchteil dieser Sekunde war es.
Sie bat ihn ins Haus.
Tschortsch sass schon am Baum hatte seine Nase dicht am Loch in der die Kroete verschwand. Die Kueche war der erste Raum im Haus in den man kam. Dort stand auch der Kinderwagen, in den er gleich schaute.

"Ihr Kind?"

"Nein, das gehoert Leuten die auf dem Grundstueck nebenan Steine machen."

"Aha."

"Teeh."

Wusste ichs doch, wie er schon in der Kueche herumlaeuft, wenn sie das tat bei anderen Leuten erntete sie immer Verachtung. Manchmal gleich, aber meistens eigentlich dann eher spaeter, dann fuhr sie aber richtig Eine ein. In England steht man oefter mal gleich in der Kueche wenn man die Haeuser betritt. So auch bei Sir Graiham, wo sie beim Dinner eingeladen war. Da oeffnete sie sogar eine Schublade. Da war aber waehrend des Dinners was geboten. Der hatte auch noch Lehrer von Wiliam zur Unterstuetzung am

Tisch. Seine Frau hatte sogar Parmesan Koerbchen kunstvoll gefertigt. Kleine Tomatenstuecke mit irgendwas, damit hatte sie sie gefuellt. Die anderen der Gesellschaft schnitten sie, ich stach hinein.
Meine Bastion war bereits bei der Vorspeise gefallen. Solche Dinner koennen verdammt lange dauern, Graiham erzaehlte von den Umbauarbeiten des Hauses. Es war einmal eine Kirche so erzaehlte er, wo wir dinnierten das war die ehemalige Leichenhalle. Der Whisky wurde dann im Wohnzimmer eingenommen, ein grosser Raum war es, ein Podest war darin zwei Treppenstufen fuehrten hinauf. Auch dort waren die Plaetze zugewiesen. Meiner befand sich auf diesem Podest.
Zwei Lehnsessel standen dort in einem nahm ich Platz, daneben mein Mann. Die anderen sassen unten.

Tschortsch sass an der Eingangstuere, schnappte hin und wieder nach einer Fliege.
Den Fliegenvorhang hatte sie beim hinausgehen vergessen herunter zu lassen. Zusammengefasst hingen die Faeden an einem Nagel der in der oberen rechten Ecke eingeschlagen war.
Tief die Haende in den Taschen, den Fuessen wippend, stand er da.

"Das hat Tschortsch gefehlt, ein voellig

veraenderter Hund scheint es zu sein.
Bei mir war er apathisch lag nur so
herum, nichts schien ihn zu interessie-
ren.
Er war ja nun 2 Jahre bei mir, total
verfettet ist er, lag einfach immer nur
so rum.

"Wie kam er denn jetzt eigentlich zu
ihnen?"

"Wo kann man hier schlafen?"

"Hier?"

"Ja!"

Charlotte drehte sich etwas von ihm ab,
schob mal wieder den Unterkiefer vor.
Schuettelte die linke Hand dicht an
ihrem linken Bein, sah ihn dann an, und
zeigte zur geschlossenen Tuere.

"Da!"

"Prima!, ist fuer Tschorsch auch besser,
nachher denkt er noch er muesse wieder
mit mir weg."

"Ja wuerden Sie mir Tschortsch dann hier
lassen, mir ihn geben!"

"Na was glauben Sie denn weswegen ich
von England bis hierher gefahren bin, er

hat sich nunmal Sie als sein Frauchen ausgesucht. Er wuerde an Herzverfettung innerhalb kuerzester Zeit sterben, auf die Behoerden verlasse ich mich nicht mehr. Die haetten ihn mit einem Tiertransport zu ihnen geschickt, wer weiss wo er moeglicherweise gelandet waere.

"Danke!!!"

Neben ihm sass sie nun, umarmte ihn, nahm seinen Kopf in beide Haende, blickte ihm in die Augen.

"Ach Tschortsch!, wir machen uns das hier ganz schoen. Bin doch nur wegen dir hierher zurueckgekommen."

In unveraenderter Haltung stand er da, hatte die Backen aufgeblasen, atmete dann aus. Die Augen nach oben verdreht.

"Na dann!"

"Wie heissen sie denn eigentlich?"

Er griff zur Brusttasche.

"Nein!!!, tun Sie das blos nicht!"

"Oernest heiss ich!, scheiss Karten

nicht wahr."

"Eben, mit dieser Kartenwissenschaft werde ich mich im Leben nicht mehr befassen."

Charlotte ging zur Spuele fuellte den Messbecher mit Wasser. Goss den Essig hinein, legte die kleinen Leinelappen hinein.

"Willst Du was trinken."

"Ja, gerne, wenn Du was kaltes haettest."

"Wasser, Cola, Fanta?"

"Fanta bitte."

Sie fuellte den Tank der Kaffeemaschien aus dem Hahn.

"Du trinken das Wasser doch nicht etwa."

"Natuerlich tringe ich das, wenn man das kocht ist das ok.."

"Das kann ich mir nicht vorstellen das ist doch braeunlich, warum ist das denn braeunlich?"

"Es kommt aus meinem Brunnen."

"Keine zentrale Wasserversorgung?"

"Nein, die gibt es hier nicht."

"Also das Wasser wuerde ich nicht
trinke. Und eine Kaffeemaschien kocht
das Wasser sowieso nicht genug."

"Wir sind hier in der tiefsten Pusta,
nicht beim Kaffeekraenzchen."

Das Kind begann zu quaengeln. Er hatte
seine Limo, Rick sich schon ausreichend
von dem Wassereimer der vor dem Haus
stand bedient. Die Leinenstuecke wickelte sie um seine Waden.

"Wie lange machst Du das denn jetzt
schon.“
„Weiss nicht, einige Tage schon.“

„Ich bin zwar kein Humanmediziener, bin
Veterenaer, aber ich gebe Dir den guten
Rat, bringe das Kind zur Mutter, und
dieses Wasser nimmst Du fuer die Wickel
auf keinen Fall mehr. Das Kind glueht,
bringe es sofort weg."

"Das geht nicht die Mutter ist beim
Steine machen, mit dem Kinderwagen kommt
man da nicht hin."

"Dann gehe ich mit, und wir tragen den
Wagen eben."

"Hast Du Gummistiefel dabei?"

"Nein, warum?"

"Das Gebiet ist voller Schlagen, ohne dicke Gummistiefel kann man nicht dort hin, wenn einem sein Leben lieb ist."

"Waaas!!"

"Tja, das hier ist das letzte Haus bevor die gnadenlose Pusta beginnt.
Ab hier gibt es nur noch hunderte von Kilometer wildes Land.
Bis zum fruehen Nachmittag arbeiten sie, dann kommen sie her, holen den Lohn ab, denn am Nachmittag ist es zu heiss."

"Na dann, bis dahin wird es wohl noch durchhalten."

"Waas?"

"Na ja, das ist ein Saegling der kann hier wegsterben."

"Um Gotteswillen, wie gut, dass Du da bist."

- Zigeunerkind stirbt bei Deutscher -

Nicht auszudenken was das bedeutet haette.

Sie sprang auf, ging ins Zimmer nebenan, schnappte eine Wolldecke. Zack auf den Kuechentisch, rannte in das andere Zimmer. Bevor sie die Tuer hinter sich schloss, steckte sie noch kurz den Kopf raus.

"Entschuldigung, bin gleich zurueck."

Von dem Fadengebilde riss sie schnell die Zettel mit den Adressen von den duennen Naegeln. Sperrte sie in die Schublade des Sekretaers. Schaute sich noch kurz im Zimmer um, perfect hier kann er schlafen.
In der Kueche zurueck, Kind aus dem Wagen, in die Decke gewickelt, Gummistiefel angezogen, Haselnusspeitsche in die Hand. Das Kind im Arm, die Tuerklinke in der Hand.

"Fuehle Dich hier wie zu Hause in dem Zimmer kannst Du schlafen, der Kuehlschrank ist gefuellt. Bin in ca. einer Stunde zurueck."

Tschortsch hinterher, ueber die Wiese, im Kiefernwald verschwanden beide.
Tschortsch zu rufen zwecklos.
Die Hand lag auf Oernests Stirn.

"Wenn das mal gutgeht, unfitt wie er

ist, und dann in dieser Wildniss bei
dieser Hitze."

Auf der gemaehten Wiese im Schatten
hatte er es sich auf der Liege gemuet-
lich gemacht. Den Hut auf dem Gesicht
die Fuesse gekreuzt.
Tschortsch weckte ihn, der ganze Hund
wackelte wenn er sein Stummelschwaenz-
chen bewegte. So freute er sich ihn zu
sehen. Mehrere Stunden waren sie unterwegs.
Tschortsch brauchte viele Pausen doch er
hatte es geschafft.

"Hat etwas laenger gedauert, das Kind
habe ich einfach abgegeben. Und nun
musst Du mir gleich erzaehlen wie Du
Tschortsch gerettet hast. Dann koennen
wir grillen! Hast Du Dein Gepaeeck im
Zimmer? Das Bad ist doch ok. oder?"
Also unglaublich, als sie das Haus
verliess ein Wirbelwind. Nun ein Wasser-
fall, ohne Punkt und Kommer, Schlag auf
Schlag, so geht das hier. Da bleibt nur
ein Wort.

"Ja."

"Kaffee?, Ach was bin ich froh dass das
Kind weg ist."

"Ja, das Wasser trink ich aber nicht."

Rief er ihr nach.

"Ja, ja schon gut, mach ich nicht."

Mit Klappstuhl Kaffeeutensilien kehrte
sie zurueck. Der Tisch war ein
Baumstumpf.
Die Ellbogen auf die Knie gestuetzt.
Wildlederschuhe die bis zum Knoechel
reichten fest geschnuert, so sass sie.

"Also wie war das?"

"Die Behoerden tun in solchen Faellen
nur sehr wenig. Als wir uns sahen war
der Tierarzt den Du benachrichtigt
hatten dabei. Wir meldeten dann der
Behoerde, dass die Haltung nicht in
Ordnung sei, nichts passierte. Dann auf
einmal meldete sich der Buergermeister
bei uns. Und uns: Ist in dem Fall,
Veterenaersamt fuer Seuchenschutz in
Beeston."

"Ach darum Beeston! Dem Buergermeiste
habe ich vielleicht die Hoelle heiss
gemacht, ich drohte damit alles zu
fotografieren und es im Internet zu
veroeffentlichen.
Der ganze Hinterhof war ja voller Kot."

"Eben darum der Seuchenschutz, erst dann

konnte eingegriffen werden. Ich ging mit einem Freund hin, hielt dem asozialen Typ meinen Ausweis unter die Nase. Schnappte Tschortsch und behielt ihn erst mal bei mir. Es war nicht einfach mit ihm, er war in bedenklichem Zustand. Bis wir eingreifen konnten vergingen ja Wochen.
Und Du warst nicht mehr da, er war halb verhungert."

Charlotte wischte sich eine Traene weg.
Das werdet ihr mir buesen, dachte sie.

"Weiter, weiter erzaehle weiter."

"Das Haus wo Du wohntest war eine Baustelle, niemand wohnte mehr da. Dann gab ich einem der Bauarbeiter mein Visitenkarte."

"Ach ja die Vititenkarte, vielleicht lags ja an der."
"Immer mal wieder fuhr ich zum Haus, da ich ja wusste wie sehr Du Dich fuer Tschortsch eingesetzt hast."

"Stell Dir vor ich war drauf und dran ihn einfach einzupacken und im Koffer-raum meines Autos ueber die Grenze zu schmuggeln. Doch mein Mann lehnte ab. Das wuerde er niemals machen."

"Ach so!!"

"Ja und dann? Erzaehl doch weiter, was geschah dann weiter?!"

"Ja, aehm, dann also ging die Baustelle nicht richtig voran. Ich sah wie riessige Holzstutzen ins Haus verbracht wurden."

"Was? Holzstuetzen?"

"Ja Holzstuetzen, warum?"

"Erzaehle weiter, Erklaerung spaeter."

"Eine Dame zog dann ein, ich gab ihr auch noch mal die Karte. Ja und dann nichts mehr, bis mich ein Herr vom Institut anrief. Du haettest Dich gemeldet und wolltest gerne den Aufenhaltsort des Hundes wissen, und am besten den Hund haben.
In dem Institut arbeite ich nicht mehr. Und weil das so ist, und Tschortsch nur ungluecklich war, setzte ich mich in`s Auto und fuhr los. Dir den Hund zu bingen."
Sie sprang auf umarmte ihn.

"Oh ich danke Dir. So sehr litt ich, weil ich nicht wusste was mit ihm geschehen war. Das jaulen des Hundebabys hatte ich staendig im Ohr, niemand sagte mir wo er war. Aus Habgier taten sie es. Das Haus in dem ich wohnte war unterspuelt worden. Es war so sehr gescha-

edigt dass ein Gutachter es als unbewohnbar, nicht mehr zu retten, bezeichnete. Es wunderte mich, dass meine Nachbarin es dann kaufen konnte. Um etwas von Tschortsch zu erfahren fuhr ich zu ihr vor ein paar Wochen.
Ich sah dass Risse im Mauerwerk sind, die Risse, an den Mauern zu den Nachbarhaeusern. Nur im oberen Teil des Hauses sind sie. Gut durch Moebel und Gardinen an den Fenstern kaschiert. Jetzt hab ich die Alte aber richtig am Wickel. Die Alte war schon die ganze Zeit scharf auf das Haus, es lag in dem Teil der Strasse wo die Nachbarn nicht ganz so schlimm waren. Ich gehe sogar so weit, dass ich vermute dass sie Tschortsch neben mich deponierte. Sie wusste wie tierlieb ich bin. Lange wuerde ich diesen Zustand nicht ertragen und dann ausziehen. Freie Bahn haette sie dann gehabt. Niemals damit gerechnet, dass ich solch einen Wirbel veranstalte. Bis zum Buergermeister maschierte, auf die schlechten Englischkenntnisse gesetzt, die ich nicht habe. Beim Ueberraschungsbesuch bei ihr in der Kueche bei einem Glas Sherry, abserviert. Denn Sie gab mir die Karte des Instituts. Dachte ich wuerde gleich weiterfahren. Haette niemals gedacht, dass ich die Risse im Haus entdecken wuerde."

"Na hoer mal, das ist ja geradezu kriminell, denn sie gefaehrdet mit dem baufaelligen Haus ja die angrenzenden Gebaeude."

"Genau, und weil das so ist wird die Alte aber ganz schnell ihr Koefferchen packen."

Der Abend war wohl der entspannteste den sie seit vielen Jahren erlebt hatten. Traenen gelacht, Sterne am Nachthimmel am Ende der zivilisierten Welt entdeckt, die man nur hier sehen konnte. Hier wo es keine Lichtquellen mehr gibt.
Am naechsten Tag trennten sich ihre Wege, fuer einen Tag. Oernest fuhr nach Budapest in eine staatliche Wasserpruefungsanstalt. Charlotte mit einem Brief an ihren Anwalt zur Poststation. Tschortsch erlebte seine erste Fahrt in einem Daimler SLK ohne Dach.

4. Kapitel

Die Arbeiten gingen gut voran. Charlotte hatte den Arbeitslohn erhoeht.

Der wilde Tabak war durch Pflanzengift ausgerottet, das Brunnenwasser trinkbar.

Tschortsch hatte eine weitgehend normale
Figur bekommen. Es ging in den Herbst,
Holz haette geschlagen werden muessen,
wollte man den Winter hier verbringen.
Doch es gab keine Veranlassung mehr das
zu tun, Charlotte und Oernest zog es
wieder in die Zivilisation. Er plante
schon laenger die Rueckreise,
Sehenwuerdigkeiten wollte er sich noch
ansehen. Eines Morgens kam er doch etwas
verschlafen aus seinem Zimmer, stiller
als sonst war er.

"Sag mal Charlotte, das Fadengebilde in
dem Zimmer in dem ich schlafe, ist das
eigentlich Kunst, wo hast Du das her?"

"Hab ich selbst gemacht, wenn man so
will, kann es Kunst sein."

"Was mich wundert, dass es der Stadtplan
von London City, der alte inneren
Citykern ist."

"Ach was!"

"Wie kommt das, hast Du den nachgebil-
det?"

"Quatsch, also das sieht warscheinlich
so aus, weil ich da, wo ich die Naegel
eingeschlagen habe, wohl die unfreund-
lichsten borniertesten Leute ihre
Haeuser haben, oder Geschaefte haben.
Ich beobachtete sie eine Weile und

stellte fest, dass sie sich Dinge herausnahmen die andere nicht duerfen. Es interessierte mich weswegen das so war. Durch die Fadenkonstruktion konnte ich dann erkennen, dass sie etwas miteinander zu tun haben. Was der Grund ihres Tuns ist.

Ihr Gebiet zieht sich von oben den Gebaeuden, wo Recht gesprochen wird, bis St. Paul, dann den Rundbogen runter wo der Schotte im Kilt steht. Dann gehts an der alten Kirche vorbei bis runter an die Themse, und so weiter. Die versuchen Menschen so zu gestalten wie es ihnen passt. Wenn man ihnen Wiederrede gibt, dann werden die richtig zickig. In manchen Laeden wo sie besonders unfreundlich mir gegenueber waren fragte ich mal etwas genauer nach. Mit welchen Recht sie das taten. Aber Fehlanzeige, Antworten bekam ich nicht.
Aber beim naechsten Besuch in London, kein Hotelzimmer, Strafmandate die ueberzogen waren. Vielleicht sogar Tschortsch nicht zurueck. Aber der Aerger ueber sie hat sich nun gelegt. Seit ich weiss, dass sie keinerlei Rechte ihres Tuns besitzen."

"Was?, so was gibts?"

"Na klar, kein Witz."

Anfang November war es als -Laiosch- den

Schlagbaum schloss, sie noch einmal zurueckschauten, ihm zuwinkten.

Gelb Schwarz waren die Ortsschilder geworden. Die letzte Nacht in Deutschland, bevor sie uebersetzten.

-Annsbach-

"So und jetzt Charlotte, wie ist der Weg dort hin."

"Fahr mal bischen geradeaus, da an der Biegung entlang. Da ist schon ein Parkplatz, es war ein Parkplatz fuer Ausfluegler. Die Klappstuehle nahmen die beiden gingen an den Stein. Einen Becher Kaffee aus der Thermoskanne.

"Das, ist der Grund allen Uebels, ein falscher Name ist auf dem Stein vermerkt.
Alexander hat er geheissen. Seine Familie verleugnete ihn, sie wussten wer er war. Offiziell durfte es ihn nicht geben, versteckt wurde er. Als ihm die Flucht gelang, dann umgebracht. Er ist mein Verwandter, er ist wie ich, und ich wie er.
Ich weiss warum er das tat was er tat, und warum er es tat. Viele Leute logen dass sich die Balken bogen, ueber ihn und ueber mich. Es ist nun mal so, wer luegt hat ein Ploblem, das sehr massiv

ist, jetzt und ueberhaupt."

"Genau, wer luegt hat ein Problem."

5.Kapitel

Die Bank war das einzige was sie aus der alten Heimat mitnahmen, auf ihr sass sie im eleganten Kleid. Sie waren eingeladen, es waren die ersten paar freien Minuten die sie am heutigen Tag hatte. Das Geschaeft mit dem Wasser florierte, in die ganze Welt ging es von Ungarn aus. Das Wasser von dem Oernest dachte es sei nicht trinkbar, stellte sich als Heilwasser heraus. Weil der Brunnen in so tiefer Tiefe gebohrt wurde, hatte man die Quelle erwischt. Die Farbe hatte es, weil so viel Phosphor darin war, und Phosphor zersetzt Blasenseine. Ihr verstorbener Hund der ein Irisch Terrier war, litt an dieser Erbkrankheit ueber Jahre hatte sie ihm Spezialnahnung die suendhaft teuer war verabreichen muessen. Ueber Tieraerzte musste sie bezogen werden. Erst als er in Ungarn von dem Brunnenwasser trank, loesten sich die Steine, zersetzten sich

vollstaendig. Damals wusste sie das nicht.
Man glaubt nicht wieviel Hunde davon betroffen sind.

Von hier aus konnte man gut beobachten wie die Border Collis die Schafsherden trieben. Tschortsch war in die Jahre gekommen hatte einen bestimmten Platz von dem aus er alles gut beobachten konnte. Geradezu schlendernd kamen die beiden den Huegel herunter, die Ponnys dicht neben ihnen.
Wieder mal ohne Zaumzeug, nichts dabei, Konstantien war von weitem gleich zu erkennen. Seine Pferdedecke die er statt Sattel benutzte, nicht nur bunt gemustert, nein er bestand auf roten Kreuzen, die ich ihm dann draufnaehen musste. Unbedingt mussten diese Dinger darauf. Alexander hingegen immer etwas neutraler unterwegs, seine Pferdedecke war blau, mit einem gelben Streifen am ende. Ueber den Schultern trugen sie sie beide. Konstantien hatte seine laengeren dunklen Haare glatt nach hinten gekaemmt. Jetzt vor dem Abendessen stopfte er immer noch seine Schokoladenkugeln mit dem kuehlen Kern in sich hinein. Eigentlich aas er immer. Eigentlich sollen sie schon laengst im Auto sitzen.

"Na, also bitte, was hast Du denn an!!"

"Ja was denn!"

"Wir sind doch ganz elegant eingeladen!"

"Na ja, und was hab ich an?"

"Weiss nicht."

"Charlotte ein Smoking ist das, ein Smoking wie er eigentlich gedacht war, aus Samt und leger geschnittem."

"Oh, Oernest, wissen das auch die anderen Leute."

"Mir doch egal."

Irland war ihre Heimat geworden.
Die Heimat der Soehne beider.

Dort wo immer noch die Webstuehle klacken,
Gruen niemals endet.